LOS BIBLIONAUTAS VIAJAN A LA PREHISTORIA

1.ª edición: marzo 2018

Dirección de la colección: Olga Escobar

© Del texto: Ana Alonso, 2018
© De las ilustraciones: Patricia G. Serrano, 2018
© Grupo Anaya, S. A., 2018
Juan Ignacio Luca de Tena, 15. 28027 Madrid
www.anayainfantilyjuvenil.com
www.pizcadesal.es
e-mail: anayainfantilyjuvenil@anaya.es

Diseño de cubierta:
Miguel Ángel Pacheco y Javier Serrano

ISBN: 978-84-698-3635-4
Depósito legal: M. 711/2018
Impreso en España - Printed in Spain

Las normas ortográficas seguidas son las establecidas por la Real Academia
Española en la *Ortografía de la lengua española*, publicada en 2010.

APR 0 4 2022

LOS BIBLIONAUTAS VIAJAN A LA PREHISTORIA

Ana Alonso

Ilustraciones de
Patricia G. Serrano

ANAYA

Esta es una divertida historia de los Biblionautas. Ellos son como los cosmonautas, pero no viajan por el espacio, sino al interior de los libros.

Lunila, la capitana, se encarga de organizar los viajes y de animar a su equipo a divertirse con la lectura.

Magnus es un ratón de biblioteca. Sabe un montón de cosas y le encanta enseñárselas a los demás.

Kapek es un robot, y, como todos los robots, a veces no entiende lo que dicen los seres humanos.

Pizca se lo pasa tan bien con los libros que cuando está leyendo se olvida de todo: de merendar, de hacer los deberes... ¡Es tan despistado!

Los Biblionautas están preocupados. Magnus, el ratón, ha viajado solo a un libro sobre la prehistoria.

Se fue hace muchas horas y todavía no ha vuelto.

—Creo que deberíamos ir a buscarlo —dice Lunila.

Kapek y Pizca están de acuerdo.

—Este es el libro al que viajó Magnus —explica Lunila—. Se titula *La vida en la Edad de Piedra.* ¿Estáis listos para entrar en él?

—Claro —dice Pizca.

—Pues empieza la cuenta atrás: Tres, dos, uno... ¡cero!

Un remolino de estrellas envuelve a los tres Biblionautas. Empiezan a dar vueltas cada vez más y más deprisa...

Cuando dejan de girar, miran a su alrededor. Están en el campo. Al fondo hay una montaña y unos árboles.

Justo enfrente de ellos se ven unos hombres y mujeres vestidos con pieles. Están bailando alrededor de un fuego. A un lado se ve la entrada de una cueva. Hace frío.

—Brrr. Debería haberme traído mi anorak —dice Pizca—. Eh, ¿qué es eso que huele tan rico?

—Es la carne que están asando al fuego —contesta Lunila—. En la Edad de Piedra los hombres no sabían cultivar alimentos. Todo lo que comían lo encontraban en la naturaleza. Cazaban animales y recogían frutos para comer.

—¿Tenían que cazar para comer carne? —pregunta Pizca asombrado—. ¿No podían comprarla en el supermercado?

—No, Pizca. No había supermercados, ni casas, ni ciudades ni ninguna clase de edificios —explica Lunila.

—¿Cómo? ¿Y dónde vivían? —pregunta Pizca.

—Vivían en cuevas o en tiendas hechas de pieles, en pequeños grupos o tribus. Las tribus no estaban siempre en el mismo sitio. Se iban detrás de los animales que cazaban y acampaban donde encontraban comida y agua para beber.

—Todo eso está muy bien, pero no veo a Magnus por ningun lado —dice Kapek—. ¿Lo veis vosotros?

Pizca señala una roca junto a la entrada de la cueva.

—¡Eh, mirad eso! —dice—. ¡Alguien ha dibujado a Magnus! No sabía que en la Edad de Piedra la gente supiese dibujar.

—Pues sí, pintaban en las rocas de las cuevas —responde Lunila—. Sobre todo pintaban a los animales que cazaban.

Kapek y Pizca se miran horrorizados.

—¡Ay, madre! —dice Pizca—. ¡A ver si han cazado a Magnus y lo están asando al fuego!

—Solo hay una forma de saberlo —dice Lunila—. Les preguntaremos.

—Pero no sabemos qué idioma hablan —protesta Kapek—. No nos entenderán.

—Kapek, nosotros somos los viajeros de los libros —dice Pizca—. Nos entienden en todos los libros que visitamos.

Se acercan los tres a una niña que está mirando el baile de la tribu.

—¿Quiénes sois? —pregunta al ver a los Biblionautas.

—Somos los viajeros de los libros —explica Lunila—. Venimos a buscar a un amigo nuestro que se ha perdido... por aquí. ¿Tú no lo habrás visto? Es un ratón, tiene orejas redondas. Se llama Magnus.

—¡No os lo habréis comido! —dice Pizca.

—¡Estáis hablando del Gran Magnus! —contesta la niña—. No, ¿cómo nos lo vamos a comer si es un ser mágico? Pero estamos muy tristes porque nos ha dejado.

—¿Cómo sabéis que Magnus es mágico? —pregunta Kapek.

—Bueno, es un animal que habla. Así que hemos pensado que debe de ser un dios. Esta fiesta es en su honor... Pero resulta que ha desaparecido.

En ese momento se acerca un hombre mayor.

—Iala, ¿quiénes son estos? —pregunta.

—Son amigos del Gran Magnus —explica la niña—. Viajeros, este es Kilt, el hechicero de la tribu.

—Me alegro de conoceros —dice Kilt—. A lo mejor podéis ayudarnos a encontrar al Gran Magnus. Lo necesitamos.

—¿Para qué? —pregunta Kapek.

—Para adorarle y preparar fiestas en su honor —explica Kilt—. Él nos ayudará a cazar los mejores animales. Queremos que esté contento para que se quede con nosotros. Pero se ha marchado y estamos muy preocupados.

—¿Sabéis adónde ha ido? —pregunta Kapek.

—No —dice lala—. Pero dentro de la cueva dejó unos dibujos muy raros.

—Enséñanos esos dibujos —dice Pizca.

Kilt los lleva a ver los dibujos.

En realidad son letras. Magnus ha dejado un mensaje escrito en la pared de la cueva, pero las gentes de la tribu no pueden leerlo porque aún no se ha inventado la escritura.

El mensaje de Magnus dice:

«Estoy harto de tantas fiestas en mi honor. Me voy a dar una vuelta por el bosque, detrás de la montaña. Quiero estar tranquilo».

Kapek lee el mensaje en voz alta. Iala y Kilt parecen asombrados.

ESTOY HARTO DE TANTAS
FIESTAS EN MI HONOR.
ME VOY A DAR UNA VUELTA
POR EL BOSQUE, DETRÁS DE LA
MONTAÑA. QUIERO ESTAR
TRANQUILO.

—¿Y eso lo pone en los dibujos? ¡Qué maravilla! —exclama Kilt.

—Pero ahora tenemos que ir a buscar a Magnus. —dice Iala—. En ese bosque vive una tribu muy violenta. ¿Y si lo cazan?

—Eso sería terrible —afirma Lunila—. ¡Vamos a buscarlo!

—Antes tenemos que avisar al jefe de nuestra tribu —dice Kilt—. Se llama Ud.

Kilt explica a Ud lo que pasa. Este ordena que la tribu salga a buscar a Magnus.

Todos preparan sus armas. A los Biblionautas les dan unas piedras con bordes cortantes muy curiosas.

—Son hachas —dice Iala—. Por si tenéis que defenderos.

La tribu se pone en marcha. Kapek, Lunila y Pizca van con ellos hacia el bosque.

Kapek enciende su detector de Biblionautas. Gracias a él, descubre a Magnus durmiendo entre unos arbustos. Lunila lo despierta.

La tribu entera rodea al ratón. Todos le hacen preguntas:

—¿Estás bien?

—¿Te han atacado?

—¿Dónde están los enemigos?

Magnus sonríe tranquilo.

—No hay enemigos. Pero tengo una sorpresa para vosotros. Venid conmigo.

Magnus lleva a sus amigos y a toda la tribu hacia un riachuelo.

Caminan un rato por la orilla hasta que ven unos animales grandes pastando. Uno de ellos lanza un mugido.

—¡Qué vacas tan gigantes! —dice Pizca, impresionado.

—No son vacas, son uros —explica Magnus—. Se parecen a las vacas pero son más antiguos y tienen los cuernos más largos. En nuestra época ya no existen.

Después se vuelve hacia el jefe Ud.

—Hicisteis esas fiestas en mi honor para que os ayudase a encontrar animales que cazar —dice—. Bueno, pues ya los he encontrado. Ahora, quiero volver a casa con mis amigos.

Todos en la tribu parecen apenados.

—Te echaremos de menos, ratón mágico —dice Kilt.

—¡Sí! Pero te pintaremos en las rocas para acordarnos de ti —añade Iala—. Y también a tus amigos.

Antes de irse, Pizca hace un regalo a los hombres y mujeres de la tribu.

—Tomad, un poco de sal para que se la echéis a la carne de uro después de cocinarla. Ya veréis como está mucho más rica.

El jefe Ud se lo agradece.

—¡Volved a visitarnos alguna vez, viajeros! —les dice a los Biblionautas.

Ellos prometen volver. Y seguro que lo harán algún día. Pero de momento, lo que quieren es llegar a casa y pasarse toda la tarde leyendo. ¡Ya han tenido suficientes aventuras!

CÓMO USAR LA COLECCIÓN

GUÍA PARA PADRES Y EDUCADORES

PEQUEPIZCA es una colección pensada para los niños que se están iniciando en la lectura. La introducción progresiva y acumulativa de los fonemas del español hará que se vayan familiarizando poco a poco con la ortografía de nuestra lengua. Al mismo tiempo, sus divertidas historias e ilustraciones facilitarán de un modo natural el hábito lector.

Si el niño está todavía aprendiendo a leer, convendría seguir los títulos de la colección por orden, empezando por el nivel más sencillo para ir progresando. Si ya conoce todos los fonemas, los libros pueden leerse en cualquier orden, aunque sin olvidar los distintos niveles de dificultad.

A la hora de ayudar a un niño a iniciarse en la lectura, hay que tener en cuenta:

- El método de lectoescritura que están utilizando en el colegio. Si ha aprendido primero las mayúsculas, debemos animarle a que empiece leyendo los textos en mayúsculas. Si ha empezado por las minúsculas, es preferible que empiece con los textos con letra manuscrita. Con los títulos en letra de imprenta (introducción de grupos consonánticos), irá adquiriendo soltura al leer y afianzando el hábito lector.
- Algunos niños aprenden fácilmente a relacionar los sonidos con las letras, mientras que otros tienen un estilo de aprendizaje más visual y tienden a reconocer palabras enteras. Sea cual sea su forma de aprender, debemos respetarlo y animarlo en su progreso.
- Por último, si el niño se fija primero en la ilustración, la comenta y «se inventa» el texto, no debemos regañarle, sino animarle a comparar lo que él ha dicho con lo que realmente pone en el libro. Fomentar la lectura interpretativa es bueno.

Leamos con él, respetando su ritmo, escuchándole y ofreciéndole nuestra ayuda si la requiere. Hagamos de la LECTURA una experiencia placentera para que poco a poco se convierta en un hábito.

TÍTULOS PUBLICADOS

LOLA Y EL OSO	a e i o u y (nexo y vocálica) l m s p n
LOLA TIENE UN DON	se añaden: t d ca co cu
EL MAPA ENCANTADO	se añaden: que qui
EL HADA LISA	se añade: h
MAT Y LA FAMA	se añaden: f g (ga go gu gue gui)
UN COCHE PARA JULIA	se añaden: g (ge, gi) j ch r (-r-)
MAT ES UN SUPERGATO	se añaden: r (-rr-)
EL POZO MISTERIOSO	se añaden: z c (ce ci)
EL PARTIDO DE FÚTBOL	se añaden: b v
LA LLAVE DEL CASTILLO	se añaden: ll ñ x
¿DÓNDE ESTÁ MI ABRIGO?	se añaden los grupos consonánticos: bl br
¡SIEMPRE LO MISMO!	se añaden los grupos consonánticos: pl pr
VAMOS EN EL TREN	se añade el grupo consonántico: tr
LA FIESTA DE DISFRACES	se añaden los grupos consonánticos: fr fl
LOS BIBLIONAUTAS EN EGIPTO	incluye vocabulario sobre el antiguo Egipto
LOS BIBLIONAUTAS VIAJAN A LA PREHISTORIA	incluye vocabulario sobre la Edad de Piedra
LOS BIBLIONAUTAS EN EL ESPACIO	incluye vocabulario sobre el universo